36

第36届青春诗会诗丛

《诗刊》社编

又一个春天

蒋在 著

长江出版传媒

长江文艺出版社

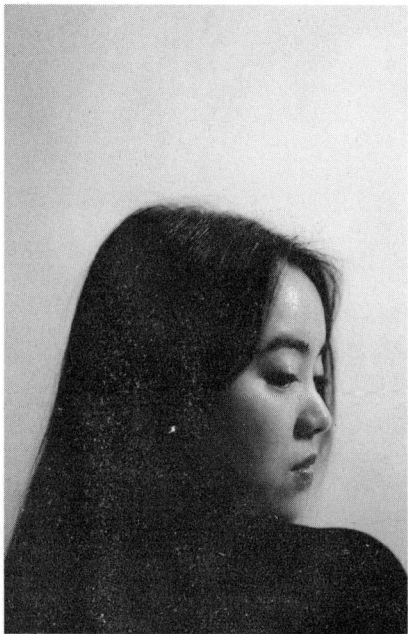

蒋在，1994 年生于贵阳。中国作协会员。英美文学硕士。诗歌见于《人民文学》《诗刊》等。小说见于《十月》《钟山》《上海文学》等。小说集《街区那头》入选中国作协"21 世纪文学之星丛书"2018 年卷。曾获《山花》年度小说新人奖。牛津大学罗德学者提名。

目　录

辑二　2010—2015

辑三　2005—2010

辑 一

2015—2020

春天　又一个春天

1

十月
风霜未至
花朵蒙羞

离开时
大梦初醒　举头三尺
风吹日晒的午后
他乡纷飞的落叶
瀑散芳香

揉碎的剪纸
被人轻轻泡在水里
塞进一个无人打开的信封
装着我的故乡　欲说还休

见字如面
声声无言

2

年轻时
因为一无所有
总在时间里等待
等待一个　又一个
热切的春天

所以看一切事物的时候
总觉得头顶上的城市很大
地上的这座城市很小
小得像风

一年又一年
不知不觉中
木头中间的绿
随着声音
竟又长高了一寸

香味很近
等同
打开了一个春天

3

我们不谈论北京
你过去在这里住过
我不愿问
我们这样保持沉默
很久

喜鹊和石榴炸开的秋天
柿子没有花苞的殷红
也不如
她任何一声的悲叹来得柔软
回忆
仿佛撕开了一条过去
我们谁也不愿触碰的口子

眼泪在北京的夜里
不算什么
你知道的
这个城市从来
侧重于它言语中的香
而不是苦

罪孽　　懊悔　　和愧疚

一针一线地缝进北风之中

风一起

吹拂在脸上　虽然疼

想起过去的不堪、荒诞和无情

又使回忆这一切

不再让人感到痛苦

4

那时　你刚到北京

你淳朴　青涩

反复追问着

生死　爱善的问题

让我相信你愿意尝遍

世间所有忘恩负义的悲哀

此刻黎明

隔壁人的烟囱升起

还没有人醒

每个人的梦里

仿佛都装着你的梦

一切都是明天

一切都是新的起点

5

因为有人要走
你才会期盼下一个春天

余光　落在自己的另一侧
骤雨初歇　你不愿看
窗帘拉或是不拉
你知道门外有人
已经收拾好了行李
他说他已经改变心意

一辆火车
就这样
第二天带走了他

口琴和火焰让岩石变得滚烫
荒郊车站的屋顶
上面有一群鸟
在离开
一群鸟在抵达
抖落了一地　蓬松的雪
落在手腕上
你用另一只手将它掸开

力与力的反作用
并未相互抵消
你微微感觉到的疼
想想
没有痛让你忍不得
没有苦让你咽不下

你过去就知道
发明相爱的那个人
一定
发明了诀别这件事

6

雪雨霏霏的夜晚
我关上门窗
一只麻雀
用它玫红色的喙
叼起我荒凉的惆怅
从空中抛落

我知道
它一时间害怕辛苦
害怕沉重
害怕拒绝

害怕冷漠

害怕差异

害怕嘲笑

害怕他不想你

害怕他不爱你

就这样

从我的窗边飞走

我开始区分这一秒

和下一秒的离别

失去过的

缺乏把握的

更不知道悔过

或是失而复得的

都像壁炉的煤灰

在你轻轻蹲下

围着生命之火取暖时

落满头顶

7

那一年

我看见北京

一个又一个

被淋湿了的春天

2020

我想起了你

钟声在棕黄的墙体上
划过一条线
从此这世间
分为
俗世　和天界
相聚　和别离

爱　或是不爱
到了嘴边
又咽了下去
说　或是不说
你都知道

在一个
无人知晓的深夜里
我想起了你

此时
已是春天
樱花盛开
万事皆空

春风拂面

走在一望无际的平原上

想起了你

这些　坚硬又透明

彼岸或是茫茫的港口

遮蔽你

如空镜

高高悬挂　屋顶

走过这扇大门

已是第二天了

你　走了很久

又像在背后

静悄悄地看着我

看着

窗外的雨

五点以后

雨

一直下到傍晚才停

别离的冬日

万物装着凋零的铅灰

一个妇人

把盛着雨水的木盆

从高处　取下

异国他乡的冰凉

远方阴暗的灯盏
照着
橄榄色的铜池
一双手
把寂静　同郁金香
在另一个
无人知晓的深夜里
洗了又洗

2020

沙漠的棕榈树

1

沙地与响尾蛇的腹部
以及颜色
始终保持着平行
谁　也看不见谁

如同古埃及的乐器
总在无从知晓的某处
奏响
沙漠里的一切
自然地从衰竭中
走出

它们直立而行
缓慢地
在沙漠里绕过
一棵　又一棵
高耸的棕榈树
这场仪式

比远古二字里的黄色
颜色显得要更深

史前时代
荒野的土壤
长满了
辽阔无边的野蔷薇
曾经　用它和它的盛开
缓和了爱人
离别时以为
再也不会相见
但迟迟未说出口的沉重

2

繁华的驼队到过此处
声势浩大
小孩爬向
令他们不解的烟囱
以为驼队只是太阳
晒出来的
第一个幻影

第二夜
悬空的大地　低垂

压得很近

人类

仿佛听见沙漠

在轻声讲

两个曾经相爱的人

离别的故事

他们低头　沉默

想起了　雪

我从何处来

走过高高的雪地

沾湿了脚

往前一些

就会是春天了

风抚过铺满鹅卵石的砖墙

青苔中孵出的昆虫

掉落在小径中央

虽然

世界总是摇摇欲坠

却从未想要摧毁过谁

或者高于谁

谁都不曾在它的心上

我们走过这儿

或是那儿

不过是空了的酒杯
装满一杯
又倒掉一杯

3

他们懂或是不懂
我对神灵的敬畏
在若隐若现中
从此
远离了我
我对它
突如其来的疏远
大地既不问
也不说
掌握了神权的僧侣
却猜出了我的心思
小声地提醒着
——我既不去回答
也不去争辩

我把左手伸进夜空之外
天上的星星
像是地上结晶的反射
我　也想在天上

寻求一个自己的位置

但我只能选一样
悬空的大地
或是　你

从此
我常听见行军的芦笛
铿锵雄壮的手鼓
从金箔剪切的盾牌后方
响起
好像神的意志里从一开始就
囊括了你

4

梦中的白色过于刺眼
我不由自主　睁开了眼睛
可是睁开眼
又是什么？

时空将它洁净浩瀚的裙摆
就此
从我们充满
欲望和请求的手中

轻轻抽出

我感到伤感
为了什么
沙漠里坍塌的棕榈树
还是记忆里的那场雪？
在冥冥中的某处
爱过他

不管如何
梦里的雨下过之后
雪就会比之前更重了

5

空旷的一口水井
在院里
轻易地撞开了单薄的门
显然是蜂鸟的叫声
惊醒了它

往大地的深处看——
里面折射着
一棵高耸又脆弱的棕榈树
生锈的砝码落下

飘浮的锈尘　此刻
逐渐沉淀在
水底的月光之中

我看着它
命运的馈赠
似乎静得可怕

不久
就会有
一个孩童从沙地中走来
手里拿着一片枯叶
像海马一样蜷曲般
躺进我的怀里
我知道我此刻抱着的
是太阳的第一个幻影
一个薄如蝉翼的锁孔
很快
就要失去的
不属于我自己的一把锁

6

叩谢了母亲
我从此踏上异乡

没有回程的路途

辞别了尘世
辞别了父亲母亲
辞别了我尘世中
缠绵的姓氏
羔羊跪乳只可能是来世
那温暖如微火的舌尖
轻轻　再一次
小心翼翼地触碰着
这个世界

一颗滚烫
灼热的珍珠
被我含在口中
太阳镜
烘烤着一张薄薄的纸片
挽留住我
一个不识时务
而早到的客人

有些事
只能用死亡来解除忧虑
沙漠四界
雪白尘埃　空无一物

世界就这样在漆黑的指尖两边

再一次　摇摇欲坠

风沙四起

那些浸满花瓣的暗室里

包含着

古老　橙色的作答

2017

一切就要结束了

我会忘记在夏天
轻轻摇开
四面窗的其中一扇
它的手柄甚至未曾盖过
对面森林冷杉树沿的一半

一切就要结束了
常青树的阴影　很快就要遮住
夹缝中长出的蕨叶
谁也不会再想到
蕨叶边缘
褐红色的叶球绒毛
翻开了明天的背面
以及昨天的今天

蜂巢在雨后掉下
雨水挂住尾部的蜂针
它们没有言语
拉我一同下坠
或是把握一次
长久的诀别

我还来不及

在蜂巢的王台中

辨认

辨认每一种花粉和蜂蜡

忘记了相识

在窗沿上构筑一个家

让我用来想象　远方之远

流水淌过松弛的沙土

一切就要结束了

你再不来

后花园里开满的醋栗

明日就谢了

落叶灌木

她们的花瓣远比

橡木的浆果

凋落得比我预期要早

我愿放下我的网

将之拆开

再一次缜密地编织在

海鸟不能飞去的方向

让开了花的根须长成

一颗瞒住人类时间
和历史的化石

在某天
长出参天大树的枝叶
托起南方
迁徙过来的雪雁
身披洁白的羽毛
用那扁而贫瘠的喙
啼叫三声
你知道
我是其中的一只
绕曾经用手
搬离的石头而栖

一切就要结束了
鸟和昆虫
衔着我和枯叶
建一个我日夜渴望的家

他日
从山底
从稀疏的草丛中
被无眠的牧羊人拾起
缝制成一个椭圆形的蝉蛹

轻轻地剥下
柔弱的薄壳
散落成沿着小道
飘过的蒲公英花

一切就要结束了
在此前选择死去或是
远离一个昼夜的长短
不曾为任何一个　凡人的呐喊
递减或是增加

我将此生见过的海水交给你
我将此生见过的人群
交给玫瑰和黎明
我将万物初始
混沌的扰动还给你
用来给予宽慰船舱里
傍晚时分在港口
停留着的狭窄又卑微的爱
除此之外　我还欠你什么

欠你水塘中最后一层环形的波纹
欠你酒杯碰撞的最后那一声
欠你来年登上桥头等我的分秒
欠你伊斯坦布尔阴雨天的微光

这一切我放在了日落的中央
而余下我没有说完的
仿佛又相隔了一夜
一切就要结束了
我只在两个地方找到了自己
在镜面或是光里

2015

勤勉的穷人

我问

殿宫外站的是谁

垒砌的沙堡

困住了

桅杆上的船舵

此时别出声

背对而坐的新娘

我说还早

还早

是什么时候

他是否已经到了？

沙土装满了两只手指

舷窗外撑开了两双鞋

合上另一双

进来

马蹄形的环礁

潜沉下去

在早晨之后

你将成为　我

死后的无界

我无上的限定

不灭的善

没有人在你之下

被困住

没有人会再去

询问

谁此刻该拥有

无人仰头

观望你

我勤勉的穷人

谁注定打量了谁

用一个钱币

装束了　东方人的服饰

贫穷且干涸

我把宇宙的两极

错铸成了楼梯上

裙摆的皱褶

无尽的宇宙现在

终于

和我的瞳孔一样大了

缩小一些

成为一个盛大繁华的仪式

带上一个

象牙做的曲别针

去到那

扣上罂粟花

去抚慰　献祭

一个男人奥秘的胸膛

谁在说

不要用铁锹去淬火

桌上要抹干净煤渣

不要在光源里走向我

更不要轻易地反驳

我们无知所固有的偏见

谁迈了进去

一扇打开的门

陌生人笑起来的时候

仔细地锁上

他究竟是谁

交代你这么做

明天日出时
我伸出对立的手
此后
无人再追究你是否
将万物彼此缺憾偿补
算在了时间之内

在壁画中
燃十三支蜡烛
托盘握在手里
我看见了你的影子
堆满了祭物的殿堂

那一刻
我不再是婚床上
背对而坐的新娘
不再是
物质的香气或是动向
我是　我自己的花
言语背后的你
缅怀的时辰到了
我为谁盘好了发髻

一切都在
他算好的恰当之内

但是谁也不认识我

无人仰头
观望你
我勤勉的穷人

2015

手中的白桂花

望着爱琴海
在灰褐色的海岸边
为哨兵造一座
无人拜访的丘墓

丘墓旁的白桂花
在富饶的雨水里
换上一桶油罐
把脸洗了又洗
扣上
我自由的白桂花

白桂花的浮香
转向天边落日
晒成哨兵
手里钟塔的杏黄
堆成尤人探问的庄稼
我用余生将你拾起
掀开你梦境中
滑下的面纱

2015

梦里的铜鼓

土黄色的伤病
窗外三月的雨
一个陌生女人
在不同的房间里酣睡
那是我
梦境中
敲了又敲的
铜鼓

2015

来吧　窥视

伊斯坦布尔的月夜　在雨后

躲在街区的墙边

久久地望着　湿漉漉的大理石

我只能窥视

窥视亚洲的生死

以旁观者的姿态抬起头

亚洲的嘴唇　像一朵玫瑰

迅速隆起

发出寂寞孤独的喊声

我向前将之抱住

你却在喊声中将我纳入

前面是死去的帝王沉睡的西方

背面是沉默忧伤暗淡的东方

我孤立其中

以痛苦的黎明

盘坐在祭坛的中央

百年磨损与故乡对望

2015

不是那么简单

早间的芍药谢了
夜间的花还没有送到
坐在门口
等一个人来

这时候
不再是一通电话
让他回家这么简单

有水的东西晾在风里
打开风扇
扇面旋转
就能把它吹干

等一会儿
再睁开眼
有一些
想法
不会有开始
就不会有结束

太阳底下的心事

我走了很久

累了

是不是就回不去了

是不是很早就该停下来

此刻

打开灯

是不是又显得太迟？

他留下来的东西

先是进了衣柜

再是储藏室

后来是纸箱

放不下的

我用胶带

一圈一圈地绕着

直到以为剪刀

都不能再把它们剪开

那时候

日期

不再是数数那么简单

那盒过期的酸奶

放进冰箱前

倒掉了一半

剩下的已经坏掉
里面泡着
桃子留下的一个核
要取出来
紧紧握在掌心
不是一件容易的事
你之所以
还能感觉到灼伤的疼
是因为你还在忍着

他留下来的东西
堆积在卧室的吊灯下面
唯独那双绿色的拖鞋
摆在了屋外的鞋柜里
后来我才明白
很多事情
不再是收起来那么简单

给我的不可多

爱
给我的不可多
我想的
不可对我说出口

隔开混沌的是天地的拱顶
上下茫茫的水域
拉开袖口
一个透亮的清晨
我听见隔壁传来的一声叹息
叹息的
无物里包含着
揉碎的茉莉花香

2016

此生我爱过

想着我爱的那个人
我还不曾见过
他在某个地方
在某条狭窄的道路上走着
那条路
我还不曾经过

此生
他算透了
别人劫难的尽数
此生
他恨过
或是爱过
别人的漂泊

三十年为一世
夕阳击破了暗礁
人生天地之间
在传说中的日落处
摆上一瓶梅酒
跨过一道坎

在阴阳相交的栈房
在那里　等一等

等一等
我的来信
再继续你的归路

藤蔓铺就成一只飞鸟
看准一扇窗
一扇门
飞去了　冬月

我心里若是还有什么牵挂
你也像我一样
忘了吧
等着墙垣缄默的波浪
拿着它
就像它一样
不曾回头

2015

塑　像

清晨起床的少年掰开香蕉
将船筏的桨
斜插进芭蕉叶的茎上

茎秆蜕皮的铜黄
和他晒伤的脸
在百合花的水塘中
浸洗着
向着
另一个村庄

曾在大西洋彼岸
升起无数次的太阳
让百合花粉落在他稀松的发间
扬起头
洗脸的水
溅在裤腿上
他将裤腿的皱褶轻轻放下
虚着眼睛

我在镜面里看见他的反射

他打开阳台的门

走了出去

卷起今天的第一支烟

他不知

他在世时

已有人为他雕好了一尊大理石膏像

他的大拇指弯曲

紧紧扣住手杖上

一只用银铸造成的鹰

鹰的头朝后一阔

为纪念

他死后　将要萎缩的

健壮的臂膀

带着花瓣一样

柔和的眼睛

在阳台上

当远处的船只过了海

他要将岸边的锚抛下

回到伞遮蔽的躺椅上

用暗蓝色的长袍盖住他的头发

当有一个鸥鸟征兆

他拉下桅杆

一如当初

混沌被创造 分离时
在安眠一样

2016

早 祷

每天盘旋
回眸六次

仰头看看
那上方的梁头
有三道切口
若谁向你问起了我
你说你来过了沙漠
却没有找到我

每天盘旋
回眸六次

你不管朝向哪个面
你的脸
始终对着我
无论你站起
还是坐下
你若是见了
鹅毛般的大雪
解开你的长衫

你若听见有人喊你

你别转过头来

把不幸和上帝

一同交给他

2015

在镜子里与你说话

我躲在每件事物的影子身后
不透明的物体
在我与你之间
添了几个孔的距离
朝着一束灌木丛后的光
穿透进来
变成了褶皱倒转的群山地带
为此
我将会离你更加遥远

一只紫翅椋鸟
羽干和茎叶一样纤细
靠近溪流
我把它想象成你

沙土反复拍打在
他黑铜色的颈部两侧
旧的羽毛脱落了
顺着水源
流进有紫罗兰般香味的树木中

一粒粒不常见的

丝状珍珠从土里冒了出来

为此

我将会离你更加遥远

在此之前

你不可以飞得太高

珍珠散着金属的光

和他光下透过小孔

轻轻地喘息着

把一无所有的残缺

变成了倒转的影子

在抽象的画布上

慢慢被拉近

为此

我将会离你更加遥远

进入横断山脉后

群山已经给你划分了两条路：

山谷和芬芳都会

按照我此前的预言

吹拂你白色的羽毛

引你去一条跳跃

又不可测量的路上

但你却不可完全信它

它是在镜子里与你说话

2016

罂粟 罂粟

1. 诞生

石碑上刻着太阳
殿外已经结满了罂粟
让保罗将时间
和圣经锁在殿堂
写完《以弗所书》
让埋葬他的山坡
以及他死去的圣名
一直彰显在不朽
和不变的荣耀里

2. 拣选

徒步走来了
臣服于
基督耶稣的十二个使徒
打着赤脚走过平原
来到加斯他河岸的河口
不要过去

脚底踩着灰土

面前铺就着

马赛克风格的石砖

头顶却写着耶和华的名字

不要讥笑

女人的讥笑

已经唤醒了我

3. 审判

羊羔肉的香味

先于爱琴海的波浪抵达

献祭的羊皮也已剥下

撑成航海的帆船

保罗在海里

驮着耶稣的母亲

他们激怒了

神庙里谋生的银匠

在或来或往的人群中

就是不见

一个身着白衫的男人

背着耶稣基督的母亲

戴着耶稣赐下的荆棘王冠

4. 复活

阿波罗见了他们
默默不语
将晨光洒向了海沙

数不尽的海沙
变成海神波塞冬
手里的青铜酒杯
向下鞠躬
为了献祭殿外
最后一个
进入三条甬道的人
保罗背着圣母玛利亚
选择中间
那一条更长更远的路
两侧虚弱的侍女
将石头磨成颜料
一边敲响瓷器
一边在石碑上
刻下保罗脚底的字
愿你的罪被神灵宽恕

5. 罂粟　罂粟

几世纪之后

海潮上溢

遥远的一切已经过去

万鸟绕枝

我站在高处

飞鸟冲下石柱

基督和使徒

不见踪影

我却再不能向前

一步也不能

我只想问

虚弱的侍女啊

如今

你祖祖辈辈

的罪是否已被

圣洁宽恕

2015

另一种生活

我也曾幻想过
另一种生活

夜晚不点灯
落在窗户漏开的门后
已开的花
来年不会再开

风摇动着船
没有再能通过漂流
上岸的码头

我让你失去过
或者错过
无数
那样的生活

亮光映照的是
别人的住所
空空荡荡的住所
空空荡荡的我

我以为我不曾来过

2015

轻轻地叫一声　你

把昨夜的话语

搁在

小径的额头前

像是永远在

陌生的环境或是

未来等我

此时此刻

给了一个了了无期的

许诺

他走在我的前面

显得毫不在意

将质朴

高高垒起

自此

把深邃的谦恭

放在一个广阔的号角中

离开之前

他撩开垂下的黑发

像轻轻叫了一句：

你

2015

晨　钟

在教堂的顶端
坐下的是你还是我
石头的每一个缝隙
塞进的是你
还是我

教堂的钟声响了
这方形的桌子啊
你能不能告诉我
我现在所享受的
瓶子满载的百合花香
不属于我

听到这　我在黑暗中
探索你的手
远方有你紫罗兰
在密林中
伸展的栅栏
朝前
谁扶起你歪斜的肩膀后
打开了一扇门

在向着何处阙见
向着何处寻找
门外一双蜡黄的脚

晨钟
比低低向下
永不停息的漏斗
还要沉重

涌向我

森林的枝丫在晃动
抖落的花粉
在空中盘旋
撒了一地：
涌向我

房间里的灯丝坏了
我不知道该去哪里
修补　换取白昼
现在只剩下
嘲笑和贫穷
涌向我

蜜蜂橘红色的翅膀
留在我晒过的被子上
掸干净　坐在
一个下午里
凑在阳光下
用踮着脚尖的针眼
缝合
因为干燥而裂开了的口

他的手闻起来像
碰过春天折断了的枝丫
他时而看我
又不看我

他像我
又不像我
欺骗
涌向我

2016

世间有什么

世间有什么
无法被水磨平的
却证明了时间
种下了
灯座上的鸟

世间有什么
无法佐证爱情的
眺望
让人忘记了
虚荣中
短暂的忠诚

2015

奔向一些碎掉的泥黄

一艘快艇与另一艘快艇交叉
海水将潮涨推向岸角
火车的轨道在公路的右边
摩托车也在弯道上倾斜

不远处是海
不远处是大山雄厚的背脊
它碎掉的视觉
记录过一个生命体
曾在海底
碰过我没有见过的海沙
只有它朝着后方
速度
不再是
它漆黑的阳台

他们橘黄色的头发
像透明的液体在顶尖涌动
奔向一些生命
奔向一些
土地里冒出来的雏菊

一些碎掉的泥黄

2016

我取下无指手套

我取下无指手套

敲开你的窗

陌生女人的野百合

在花团簇拥的苦寒地面

伸出一枝来

开放在你的床头

那蓬松朝外的世界

故意抹掉有我名字的一个章节

将来在墓碑上

看到你

犹太人的姓氏

看到你

我会想起你

我会想到

我曾在春天

透过单薄衬衣的影子

看到你的心事

剪开园里还未开放的蔷薇

我如何能够接受

我把想象的权利交付于你

爱错过很多人之后

你此生的孤独却始终如一

2015

乌鸦落在了别家

我住的山头　看不见雨雪

或者　来年

大雪封门

是谁扣开了　枝叶的间隙

你远道而来

空无一物的思念

雪未化　花已开

茫茫草场突然的来访

概述了我们将来不会存在的立场

陌生人

在山脚下

池塘里圈养的马

他们不说话　我也不说话

一筒水酒

一坨盐巴

一块茶

乌鸦也落在了别家

2015

生的时候只想着生

站起身
无限地焦虑

想着明日大雨隔断
去机场的路
或是影响飞机的起落
该如何是好

天很暗
我问女主人
这雨在伊斯坦布尔常见吗？
她说不常见
我看着外面的街道
有轨电车呼哧而过

我不能躺下身睡着
漫无边际的早晨和黑夜
我不能痛苦而疲惫地醒着
好像生的时候只想着生
死的时候却在想着别的事情

2015

雄性的鸟

雄性的鸟
你张开我梦中
红色的翡翠石
将之藏得更高

我用你仰面朝天的喙
消止我深旷无边的门槛

2015

一个更远的地方

我在向上升
预言要在别人口中实现：
一个更远的地方

公路上急速而过的车辆
手指遮住的缝隙
是否能让光的照射
令你背过身
在我离开后也一样？

色调柔和的呢喃
将夜晚的微风冲淡了
我指着夜空问
那一颗遥远的北极星
两瓣玫瑰似的掌心中
是否能够看到一个矩形？

一个不着边际的夜晚
望去
那一颗　天际上方
航道永恒的轴心

在单速旋转的矩阵里
迎着自己的速率
接纳我　和另一个人
在时空上的等距

上升
永恒的世界
我愿丢弃
令人瞠目结舌的
距离
在永不跌落的居所旁
让太阳热切的火光
沉淀时间的喜宴

一道新的戳记
除了这该有的摆设
你也要丢弃　羞怯

和我去
一个更远的地方

2016

重返拜占庭

雪地里埋的是
伊斯兰世界的谎言
我脚下悬空
坠落　坠落
无边无际的荒原

圣人将一粒沙
丢弃在
前往以弗所的途中
我们走过墓地
两条路旁放着棺木
镶嵌在上方大理石的雕塑
是头顶的另一端

是无处安放的瓷器　青铜刀
没有人知道它们按何种模型塑造
或是经何人打造
人们用它们来盛放过什么
日常的饮食
罂粟花样的红酒
哪些曾用来盛放过献祭牛羊的鲜血

哪些又来存储末日王公贵族取下

却没有再一次戴上的耳坠

哪些石膏像被人搬起

为了哪个凡人或是神甫塑造

耗尽了多少的力气搬到了神庙前

又为此念了多少次祷词

声音回放进了哪一条海际线

它们跋涉到了远方

和什么样的人说过话

将手指落在

哪一个大理石的砖墙上休憩　久候

在世人的盲目的朝拜和抚摸中

殆尽

2015

我们未必就能爱得更好

此时
在等待一个亲近的人来
我不曾更好的爱
也不适合埋在盼望中
想着别人的尘埃

这已不是迟钝时刻
能够声张的问题

时候来临了

来生
想起别人窗前的一把锁
而就拿明天来说
我们未必就能爱得更好

2015

吹灭宫灯

1

上苍寄予　一次死亡的暗示

古树的果实种子

随即如雨一般飘落

跛脚的老侍卫　提着灯盏

照亮帝王儿子的额头

征战的大路已在眼前

士兵沉甸甸地跟着

抬着帝王的棺木

马匹哀鸣

夕阳划岸

迟疑地回头　望了一眼

走到城下　通过海港登船

人群在他背后

响起暗沉的歌声

2

大火烧了　三天三夜

鸡鸣伴着犬吠

外邦人侵城焚烧

白塔越烧越亮

眼泪越烧越黑

城墙的外形崩塌了

海浪拍岸

底部是帝王船筏　曾碰触过的

凯旋的砾砂

无人弃城而逃

跛脚的老侍卫　在诵念

将宫城藏的字符搬到柱下

跛脚的老侍卫

抱着帝王的儿子

一边哭一边掩面

撕一页　读一页

想背下赫西奥德

存留的诗篇

3

宫灯被吹灭

我对着如今

现代希腊人摆放的橱窗

对着

护卫的大盾掩面哭泣

又是另一个三天三夜

"力拔山兮气盖世"

他在橱柜里

屹立不动

远古高贵的英雄

我既不动念也不执着

2015

举起灵魂伸向你

开一盏透亮的瓦斯灯
在欧洲的厅堂里踱步
走向我
一块玻璃的碎片
成就爱情的虚弱

此刻
一束光正支撑起它
逐渐在红酒杯里扩大
你看见了吗？
你说，欢迎回来
回到你身边的时机还有几次？

在梦里哪一层世界
芳香的气质
从我的雀斑下溢出
你的记忆和身体
在我的爱情里三次分离
三十五年
等待，给了我唯一的心愿

请你再慢一点
如果你已慢了下来

我的心，我的意志
是什么使你恐惧
你说的哪一句话，哪一个字
或者哪一个动作
让我感觉到
你升腾中的销蚀
在此之前
为了留住你
我将献上
我所拥有的一切
一个没有珠宝穿孔——
那少女贫乏的耳洞

我的身体哪一个部分
不是因为你？
在潮湿的呼吸下敞开
广袤或者纤细
按着秩序重新排列
由你而生
在繁茂的宇宙图中
绘制一个曲线
举起酒杯朝向你

服从火与灰烬
让我沉默地望着自己
找不到你

如何回馈你？
在毫无边际的杉树下
是你握住我的手
命令我忍住
转身凝眸
自此
我的眼里
除了漫向你边缘的嘴唇
别无他物

我又该如何
举起灵魂伸向你？

如今
我所写的字句将由谁去抚摸
对着空旷的空间？
凡有灵魂的
却不在愁思中
因我已到达

2015

辑 二

2010—2015

伊斯坦布尔

1

零点十七分
即将　变得准确而又拥挤
我拥有的把戏
用来向暴风雨起誓
只用一次
用来　看望你

或者　代替
看望了我

你的鸟群　站满
可以想象的屋顶
一点距离
留给　疯狂的气味

妓女　在修道院的后门
等候
墙上的石砖

举起酒杯
召唤她们

2

朝日　同革命一起
变得罕见　而又稀有
丰厚了　雕像的嘴唇

海峡和堤坝　被拉向广场
人群的鸥鸟
你张开了嘴

每一个建筑上
每一个石塔上
藏匿着悬崖

文明的壁画

这是一个广场
广场　把平原照成了海
把人群的鸥鸟送到　海的边境
刚苏醒过来
这世界就　曾经属于过我们

太阳变成你

变成灯柱后面的光

仿佛是要吞下　商铺前站的一对父子

雕像的铜匠

我在去年认识了它

男人往前了

一步

3

女人和鸽子　坐进

城市的电车

他们　闭着眼睛

唱片店

放在贫民窟的头顶上

诗人　编排进了教堂

罗列出集市

一个疯子的作品

一百零九幅画作

第一次被搬进了地下室

秘密　从我嘴里讲了出来

女人和鸽子
你睁开眼睛
替他们
睁开
伊斯坦布尔的眼睛

4

在另一个国度里观察

他昨天给我说的地方
就只剩下这儿了

所以我想
我是爱他的
但是我不能说出口
他是知道的

这个国家
男人的皮带和纽扣带着
热烘烘的气息　结束我的眼泪

最后在哪里出现
都并不重要
目光在希沙尔克城附近留下过

荷马的爱情

5

陡峭的坡度
被涂上了油彩
神是唯一的凹陷的膝盖
看旨意与恩典相争

一百年后　神的时代
是路程相抵的施洗
和平开始交接
为光做证
又让我们做了见证

另一个七年
看见
伊斯坦布尔
在日落中升起或者悔改

2014

与神对话

1

犹太人的王
我呼喊着
他指向另一个方向
把脸转向北方
刻意忘却
朝圣的患难与倦怠

我已到达埃及
我已到达数千个北方
将沙漠归还于耶路撒冷
陌路归途

2

火焰熄灭犹太人的流亡
桥梁下的驼灯
来自千万个远方
我却已归抵

带着祈盼的悼词

客栈里的锁匠
再为明日启程的马
缔造一副马的蹄铁吧
这世间不会再有
冷漠的雕塑
摘不完的鲜花

3

化石与弥撒
祭祀已经结束
借着祭司的酒
过往赐予恩惠

双脚踏出了祭台
罪过或是飞翔
我都选择一个天地
呈放圣像的贫瘠与深邃

无论是哪一种审判
我终身戴着虔诚的荆冠
无论是哪一种桎梏
我叩首默许

选择跪下

他看着我旧日的舞蹈
饶恕我对来生的挂念
饶恕我对生活无尽的祷告和祈求

4

将酒杯递给他
我已忘却耶路撒冷
责难仍然垂下

吹灭宙斯的灯
冬日的兽皮将谁剥下
他永远不会想到
还会有花落在死者肩上
漫天的棉花
还有草
一望而无际
长路迢迢
一泻又千里

5

谁骑的马鞍

谁卸下的铠甲
蹬离过炙热的马背
以徒劳的眼泪
盟誓祭礼
呈现
脆弱敏感的侵害

上帝的羔羊
置于褐色的标尺上

指给我看
三千年前特洛伊

赫克托的
孤儿露在外面的赤脚

2014

火塘旁的老祖母

火塘旁的　老祖母
正午休止　在阶梯的苔藓里
树桩的皮肤
还没有　一个人来

她站的位置　是我的窗前

挑夫和挑夫说
烟袋里烧出了　耶稣的光
他们看着光
火越烧越旺
挑夫哭了
对着另一个挑夫说　骆驼的队伍
快来了
人群里有他的祖父

2014

你把我含在嘴里

爸爸拖着花岗岩　在荆棘里升起了炊烟
我想借给爸爸一艘小船
把对他的爱
都苦涩地含在嘴里

我点上蜡烛
逼迫这张手掌容纳其他的父亲
他点头同意了
他许诺的烛光在深夜里
映照了我的母亲
我把我的内疚
都苦涩地含在嘴里

他埋下头说
女儿啊
你摸摸爸爸的下巴和额头
我伸出了手
我把我的痛苦都羞涩地含在嘴里
有多少个海港能够迎接你
在哪一个温存的节日里
我能够从远方送给你一头山羊

我的父亲这样的日子还能有多久

你把我含在嘴里怕我化了
你把我放在手心里　我真的就飞了
你把土地的根须
用来推开教堂门外栅栏的沉默
你消融了我的声音
我忘了怎么叫你的名字　爸爸
你把这一头我送你的羔羊
拴在了我不能找到的山上
于是人类的眼泪和大海
都被我父亲含在嘴里

2014

虚空　你为何背对着我

天冷了
他开口起身
踏出第一步
雪陷得很深

雪和樟木
时隔多日
我忘记盖在下面的凹痕

让我停留久一些

不能斟满
第一杯朗姆酒时
说话　打开灯

鸟群撞上玻璃
身体向上抬起滑过屋顶
夜色暗淡
乳白色的天空
我不能再将你盛满

似乎无法抵挡
别再抵挡
酒杯溢满在其他村庄

我坐下来不说话
虚空
你今夜
为何背对着我

我为爱情说过的谎话

下午
三十二只乌鸦同时起飞
给予我一天
等待焦躁随时落下
背过身　站在他们身后
多少个不应该
看着他们落下吧
不该
在夜里开灯
不该
在夜里说话

我在想
曾为爱情说过的谎话
碰击海港
码头和岸墙
造成的伤害或是妨碍
用来　被我当作筹码

预料　明日的雨天
一艘轮船

和另一个人在大雾里相撞
午夜的计程车
他写道
雪还有鸥鸟
成为代号或是编码

那该是怎样的冬天
又是怎样的后悔
我躺在床上
不能闭眼
来生相见不再相识
他们看出破绽
不忍揭穿
不愿想起我
为了送别
在暴风中提上鞋
我是沙丘和渔火
理应获得另外恰当的沉默

2014

船　舶

深谷行驶的船舶
选择一条更远的路回家
整夜歌唱的男人
浩渺
写一封信通过
嗓音寄给我

2014

波多尔的手杖

宇宙拿着波多尔的手杖
从覆盖木箱的布面上掀开了
上帝的自尊
午夜的第十三支枪响
让我们
都躲进了母亲的怀里

吞咽　柔软和孤独
我们都为了生活
在这里发泄

森林和昆虫
为我们点起今夜的火焰
犹如用同一个身体孕育出的
一个黑暗的女婴
轻轻　把她托起
在神的武器上

为了爱
他们都耗尽
在我胸膛的眼睛里

孩子的臂膀抖落出战栗的
土地和法律

修女
赶来搂住这个孩子
楼房　蔷薇的航行
铁轨经过了平原
宇宙会打开他的背脊
写下
对这个孩子的焦虑与怜悯

2014

这个夜晚

我拥有
七天的时间
去修补

一种新的眼光
把持
你的每个夜晚
爱上我吧

我已不能再数出
多少个　小时
原谅我吧

你期望着
把这里变成家
每夜在这里
叫醒我

吸气
或者呼气

说服你的
是这个女人吗

七个夜晚
讲出来

给我一点光

你比我睡得
更快
今晚
或者其他
另外的夜晚

2014

战栗　人们

药店门外
人们战栗　是幻觉
我要沉浸下来
忘记外面　看着
每个人吞下药片

等着一个人
用完开瓶器
等着另一个人把死讯
从身后　递给最后一个人

散步的人夜里容易构想
内容不会太多
时间也不会多

拿最后一点筹码　冲撞
撞出一点声音
你会认出是我

2014

大西洋的伞柄

穿过黑暗的大西洋和你
骤然混合着洋流打开窗户的玻璃

爸爸看着拖着行李的汽车
脖子上挂满了汗水
代替了　哭了一千次的面包
还有在家的糕点
还有在家的圆盘
水果全都被拿完了
不是我
双手握着遥控板
又举起来道歉

我被痛苦地
要求给这个世界播放电影
我只想给自己播放电影
我只想给父母播放电影
我愿意举起所有的雨伞
挡住大西洋掉下来的雨滴

在巴浦洛夫的十月镇里

买一架飞机　藏起来

只给父母看到

我们的一生

就永远守着这一架飞机

到机翼掉下来

砸伤了所有的飞鸟

捡起来

这羽毛沾满了大西洋湿气的飞鸟

我们都不敢去救治

生怕这大西洋的寒流把我们带到了大西洋里

生怕这些要去到大西洋的飞鸟

让我们握着他们的灵魂

也同样设置了我们的目的

我们在十月镇的这三个人不敢出远门

我们的胆小让附近的麦子全部变得乌黑

大西洋的寒流还有云层

都带着大西洋的灵魂和秘密

在下雨天我们是一定要打伞的

否则任何一个雨滴

都会把我们带向大西洋

我抓住大地的岩石层

大地碎了

我握住了大西洋的伞柄

2013

不必把灯都打开

我要迟缓的告别

发源于土地之后归还于土地的

要用你的手帮我装一瓶土让我带上

狂野的海浪嚼烂了窥探和猜忌

沉醉之后就不必把灯全都打开

只有这样

我才能遇上千千万万个婆姨

在黑得不见萨冈的地方

她们会喝酒和扭动身体

在比额头还要低的地方

我不知道为什么她们蜷缩

一切和大地有关的事情

她们　都不做

唯独抽取了来自土地捏成形状的男人

没有了用那双手

撩开大麻时对自己的愧疚

又用了那双手碰了许许多多的复杂的　花布衣服

坐在一棵树下

还没有等到天亮

有人就先走了

所以我说我不认识你

在这里没有日落
走到了你的庄园
就捡一串去年被太阳晒过了的葡萄
不要送给谁
它不愿意　我也不愿意
你见它饱满的时候
在那个时候
就该来看看我了

2011

花束献给死亡

1961 的祭台上　有为了观看晦暗的波西维亚的光辉

也正是那一年　有衣衫不整的青年
因为害怕看到瘦弱的战栗
拼命地朗读　能够扭转身影的画像

看看那个叫玛戈的女人吧
告别了　父亲那里带来的酒瓶

以不能描述的方式
在沙漠和荒野中种了一朵花
用来代表沙
已经完全间断了她与城市的联系

这片沙漠快要被世界覆盖　期许
当我让所有人的目光投向她的时候
她无力再回眸

不是在挥手
而是转过头
用开始栽种的花

放在平整的阳台上

2012

忧伤的下巴

有一枚忧伤的下巴
被它的恋人托起又放下
苍冥的空间里只有他们
这一枚忧伤又悲哀的下巴
从它生活的日出的南方迁移到了寒冷的北方
带上杀死了列侬的那一声枪响
它以为可以不用携带行李
没有从火车站出发

是谁亲吻了你的肚脐眼
让它闭合　让你成为无名氏
精明的恋人　告诉你他是恒星
你是找不到的
或许你动了杀戮
杀戮就像爱情一样
容易犯罪　被流放
沙漠里有骆驼
只能带你到有水源的地方

可以扮相成阿拉伯商人的样子
一眼就辨识你

就让他们骂吧

把乔治桑塑造成　荡妇

肖邦会难过的　你不会的

秋天以前带来了你　秋天以后光明带走了你

和树们坐着

他们也要走了

我为此纪念你们两个流浪的诗人

夜晚用哀求挖了一个洞

在暗夜　告示和一切
都还没有张贴出来的情况下
我选择啃咬了　手指

抬起头　都站立起来吧
为远方道别
我们都肩负着为远方道别
而去仰望一颗细小的石子

骑着马驹
记着骑着我指派给你的马驹
那是我缝纫在　黑龙江岸上的任意的石头
旁边的那颗石头　驮着的大米
那就是他了
全被蚂蚁捡了回去
放在夹缝和隧道里

落满了大米　落了一地的大米
姥爷蹒跚地弯腰
斧子被装饰得过了头
而我的姥爷　你告诉过我

二〇〇八年你不会离去

海洋不需要侧目
就可以知道一切
他知道了些什么
无知都被河床的绵柔裹挟了

告示出来了
我们都骑错了马驹

就有拼命的惩罚
在疯狂的夜里喝下隔夜的啤酒
盛满了花生米的凉菜
语言远比我们都娴熟

因为我们是犯了过错的人
丢失了最重要的哑巴
惩戒把流淌的眼泪全部准许
准许　我们在黑夜里许一个愿望：
准许永远饱含深情
采下世界上所有的花

让我感觉到痛苦吧
马驹死前蒙古草原勾画了标记
不久　成千上万的马匹都会到草原上来

可是我们却一次也不能知道
因为我们是真的丢失了
最重要的哑巴
成为夜晚用哀求挖出来的洞

2013

无 语

希腊的地面是否有我家乡的土地贫瘠
蟑螂都看出了我的穷困
……

2011

草原　你看着我

我物色一匹棕色的马匹　时日已经足够久了
我要骑着它　直到那片无树的大草原上
我想象它长满了短小绿色的枝叶
沿着它
去见由它隔开的两个贫穷城镇

不要哭
你看着我
经常到窗口那里来看着我
不要问候
就看着我

尽管你再也不确定
那里站立着的是不是我
就　如同我一样

骑着马匹看到了荒芜的高地
由于模糊的视线
我依然看见了繁茂的大草原
看着我
享受所有的绝望

还依然看着我看着的那片贫瘠的草原

2011

因为浩渺洞藏了你的眼

因为浩渺洞藏了你的眼睛
你埋下头又将它抬起
忘记你重复了这样的动作多少次
你迟迟没有收好行李
把它叠在木床底下

坐在窗子上
我几次以为你会
迎着那场突然的雨雪
拉起手风琴
闭上眼

你闭上眼加上叹息都有香味
这样我就不敢见你了
在一个斜坡上种下了
我以为是月季的太阳

你从来没有来看过
就变成了一些碎发
从发髻的后沿
忘记打开了灯

至此我就再也没有见过你
你就那样摔下去了

2011

烧 菜

你是野味举起的酒杯

区号是 2016

2011

夜莺与玫瑰

有一片繁茂的桃树林　长在遥远的枝丫上
远景　我看不见
夜莺与玫瑰以缄默弹奏一首短歌
留下来的　要以一种芳香的姿势
让人们去探索　楼房已远去
这绵长在森林以外的
要让夜莺带着玫瑰穿越铁路

不过　夜莺也可以另外找一朵玫瑰
一朵白色玫瑰
到某一天
白色的玫瑰就能变成红色的玫瑰
夜莺也就回去了
因为都不妩媚
他们迎接了许多的风　站在那里健硕高大
和我想象的不一样

2012

不是他们的样子　就不要过他们的节日

不是他们的样子
就不要过他们的节日
不是他们的样子
就不要和他们在冬天相见
重叠出无数可怕的灵魂

按响我家的门铃几次了

已经两年了
我已经呕吐两年之久
和我们分开的时日一样久
我举过一次火把
只是想照亮你的样子
不仅烧伤了破洞的手指
还烧伤了诅咒

徒然蒙受了匿名的呼唤
残留的发髻都会被他们
一丝不苟地剪断
我还如何想起过去的小床
生长出无数的利齿

嵌入的同样的怯懦的肉体

凶恶又天性害怕胆怯

不是他们的样子

就不要过他们的节日

2011

为逗留做下一个了结

不用考虑某种意义上

凌晨五点的疲劳

属于一英里的

三月号杂志

缓缓而行

一刻也不要停

不要停

除了我

厨房里没有别人

不再会有别人

留在这里

仍然活着

为逗留做下一个了结

明天我就要换名字

你要喊我

喊我的新名字

要用另一个平面喊我

照耀着我　不知道该从哪里开始

我出发的时间

2014

一　个

他坐在桌子旁
一个人
不再理会我
一个困难的决定

一个晴天
猜中
一个忧愁
还剩下
一个下午
他要继续说下去

二十四个油漆匠
起来参加仪式
吩咐着最后的诗句
仿佛所有世纪
最后一个诗人
即将死去

一个葬礼
埋在河岸边的新房子

看望他

此时

他一个人住

将来

事情的端倪

泡进水里

你们和他一起喝水

听见

二十四个葬礼

同时响起

一起生长出来

消耗另一个十年

2014

二十岁的爱情

十九岁
母亲为我点上一支烟
给我看家门前公路
与屋顶连接
许诺我忘记
而我不敢再想
不原谅他

第二年
我看他跷脚从栅栏跳下
指给我看骸骨　白齿
然后双手交叉
蜡烛还在燃烧
雨　不会再停息

十一月间
我的肩膀被打开
一件五颗棕色扣子的羊毛衫
我走上前
为他的衣服打结
我想　这已经是深秋时季

我倘若爱他

不要弯腰

打听他的下落

宣告明天会有一场雨

并走开

哨声

能够默许他

不会选择潮湿或是阴冷

让一只不相识的乌鸦

从房檐下的正午飞过

鸣响　二十一声礼炮

他答应二十五岁时

再回来

看我穿上红色长裙　拖地

开车接我回家

海岸

向着海岸去了

代我劝告赦免和簇拥

全是我的儿子

你必须选择原谅
我的兄弟
蹩脚汽车　乱糟糟地开来
牧师穿着
一件　暴露的长袍
跑了起来

免予参加仪式
是不可能的了
父亲
你必须去
被迫地说出
角斗士的下落
你不愿意
听着
这些耐晒的皮鞋就不会再褪色

全是我的儿子
那一头金发
被太阳改成暗灰色

镜头渐渐黑下去
人们坐着
跟着压了二十五美分的注
父亲　吸一口烟
太阳的噪音没了

收音机的无线电信号中断
灯亮着
湿漉漉的大街
看得很清楚
街灯反射在我的儿子脸上
他在问哪一盏灯更亮

2014

水　手

1

他叹了口气
但没有醒

这是早晨
翻过了船尾的大浪
掩过了昨日的黑暗与喧嚣
向别处看
灰头麻雀叼着
绿松石擦过墙壁

午后
我转过头
四个水手没有了家
国王和他
发出风一样的叹息
在堆满火红煤渣的壁炉里

还有

八个寂寞的日子

2

她走的沙地不是
昨天的沙地
吹着口哨
招来
发光的昆虫
伸展着一根根触须

从鱼腹的开口下
他们发现
十天前夕阳的呼吸

四个水手
爱上一条鱼
比风浪更大

待在原地
不要继续
没有结果的爱情

3

邋遢的浪子
她要跳舞
并且拍手　在船桅
带着四个人
撑开
海洋的肚皮

海鸥阔别船尾
另一片明年舒张后的海洋
飞走了

放逐我们
泥沼和货轮都不能
让人站稳脚跟
风浪烙伤
光脚的水手

4

四个人带着
一个女人上船
现在叫醒我

码头到了

看过去

排出蒸汽的口

放入透亮的海沙

用等量的孤独和痛苦

将漂泊唤醒

2014

罗马花园的街道

我花了五年的时间　睡在街上
让我替你点上让你前往罗马的蜡烛吧
假如这是我最后一次为你盖上被褥

把他们发放给穷人的汤汁
一滴不剩地全部喝下去
我抱住大腿
也抱住了颜色无法相衬的手臂

下咽　起立
让我们的肠道起舞
跳一种节日参拜的时候
才能出现的舞蹈

停止再去读书
让我替你点上
让你前往罗马的蜡烛吧

2013

你有什么要说的吗？

这时　他是一个失落的青年
有一座和天空一样高耸的庄园
在那一天被告知　要在土地里耕种
跟随着他的继母来到　没有栅栏的牛圈
他即将有一个　黝黑的继父
从几公里的村庄　带着几包行李
来到那片土地

几块碎玻璃构成　世界的谎言
扎进土地　割伤的是成群的牛羊
还有少年　仰望时候的
眼光

我想念着那些蓝眼睛
我们晒着同样的太阳
从风里来的风沙　混杂了来自乡村的胸腔
当他　说出第一个字的时候
就有同样　听不懂的沙哑

他站在土地的边沿　他迈不出去
不过是一块小小的土地

他要把风和根须一样的种子
丢下

2012

离家最近　不要过去

把我能够说的话都说了一遍
我因感到伤心而选择缄默不语

经过无数次的告诫
我还是拉起了窗帘
看到了之前
他们都不让我看到的世界

没有这样的世界而备受责怪
离家最近　离我的住房最近的地方
有一片田园
但是有其他的人说
下面是一片茂盛的沼泽地

不要过去

我在河边卷起了裤脚
想要过那片地
却没有适合的渡船或者适合的摆渡人

不要因为你的期许

而破坏了我全部的计划

我既没有听取也尚未采纳
大地用它眯着的眼睛　斜视了我

我愿将你想象成
一件没有缝补的毛衣
裁缝都无法修补的衣服
只能将它放入沼泽
再看着沼泽将他全部咽下

2012

今夜　母亲

想着父亲　亡灵和希望
描绘出一种　新的仪式
苦楚和雨夜还会不会
如期而至

再一次选择
选择在我出生的九月
停留在你的窗外　守候你的缄默

母亲啊　让我等到
等到你躲起来的那一天
将你归还于无数的夜晚
无数的声音里
可是我还不能哭

今夜　母亲
你别等我太久了
我不能回家
你别再等我了

想着担忧　赦免和补偿

是谁企图藏在我的身后
让时间蒙羞　让我们无法看见
给予你失望　庆祝或者欢愉
都无法掩蔽你的所有时光
我再一次选择
选择在我出生的九月
请求你下咽
下咽　我额头前的垢痕
还有身上隐晦的疮疤

如果谁都无法回答
是谁记住了暗夜和羞愧
而又是谁
在今夜久久地不能获得原谅

今夜　母亲
你别等我太久了
我去了你不能想象的地方
你不要再等我了

让风摇一摇你的窗棂
你就知道时间已经远了
回不去了　褪去了容颜
还需要多久才能够被明白

母亲　是谁
使得今夜的你
如此苍凉　如此狼狈
母亲
是谁　让你错过了那么多
让我谦卑地替你将雨鞋换上

外面下雨了　妈妈
我们可以什么都不说吗
今夜　什么也不要说
好吗

让我为你剃光所有的头发
为你打开一盏灯
让你看到神
在微弱的神的面前
他也再不能拒绝
我许诺给你的　自由和脆弱

我会把船轻轻放进水里
一句话也不用说
因为我知道
回归只能发生在其他的地方
这一次也毫无选择

今夜我可不可以不用启程

今夜　母亲

插线板

不见黎明

不见早晨

不见正午

不见黄昏

还剩下额外的十九个时间

我将如何把他们一一命名

我怕他们重复

所有的话都被所有的诗人说过了

我不知道该用怎样的叙述

我被尴尬的缄默替代

用我最憎恨的方式面对你

一语不发

2011

如果你不是囚徒

我就跟你唱歌
平起又平坐
在我家的谷堆上

过去的天气湿润了你的内心
你在这里待不惯
有一棵榆树
为你塑造了一万尊雕像
你也没有留下来
它试着拔出部分根
你还是没有留下来

是这里天气燥热
也烘烤不干　晾干不了的内心
榆树倒在地上暴露赤裸
失去的水分都浇在了
你最潮湿的内心上
让你更加潮湿
你居然没有说些什么就回到了那个天气湿润的城市
最后将榆树命名为囚徒

好好问问开回来的越野车
十四个或者更长的昼夜
是榆树还是你是囚徒

2011

不愿见你

相见或是其他
在黄昏的岸边或是
被帘布遮挡的正午

你不知道　现在是春天
为了　冬天的见面
我早早地就出门了
为了不是两手空空与你会晤
我筹集了整个库房的食粮

我失去了冬天的时间
我给不了你安眠的样子
我给不了你温柔的样子
我不愿意说
我勤勉地握住最后一个早晨

去做一滴雨
我不愿意
那个时候
我的母亲父亲和我都度过了几年的雨季
雨　淹过了高台

将我准备的所有烛灯　都送给了暴风雨和渔夫

你显得平静　隔开了暗房与橱柜位置
我不爱大雪
但是你却偏偏在整个白色中走来
没有影子落在院子里的门槛中

我就很久都没有找到你
我买了一件风衣
因为我知道
秋天会把我引向饥寒

2011

别拿起昨日

将一个人的喉结留下
为某件事

那里写了一处警告
别拿起昨日
有人早早地就提醒过我
要学会养一匹马

要是有一天
忍不住了
拿起了昨日
就快一点
骑着这些饲养的牲畜
跑得远远的
不要有悲哀
因为我早前就预留了我的喉结
还不致让痛苦抽搐在
任何重要的器官上

也不是耳语

在街头注满一切
从两侧发髻快速地滑落
不要寻找朋克音乐
它不会在落下日月之前扶住你

竖起所有的指头
与紧握所有手指
我要从这个房间穿插到一颗
你发觉不了的纽扣上面
是那个少女的胸针
指引了不明真相的声音
去吧　去吧
握住那枚看不见的胸针
再紧一点
你就会看见的

关于雨夜的鼓点就结束了
选择在九点　还是冬天任何时候
站在一片旷野落在前面的高地之中
我有一种预感
在五年之后

再见到你

我会说出来

也不是　耳语

也不是　风声

2011

有一年三月

有一年三月

我提到我要买一辆耐用的摩托车

它可以坚持到我骑到西藏去

不

像西藏这样的距离

我要到你说的那片桃树林去

拒绝徒步

我的双脚会被多少的石头阻止去山头采摘你说过的那种
　果实

我不得不说谎

没有任何时间结束

一直欺骗到你们的死亡

一直到我们之间任何一方的死亡

将一切鬼魅的肮脏终结

最后举起今夜的酒杯打着雨伞

你不会看见我的手腕

不会看见雨水

就在那样的三月

我失去了一季的雨水

总是说　等到来年三月

2011

度　量

我觉得我可以伸展成一张床的长度
特别是当我写诗的时候
我从一面穿衣镜子里打量自己
那时候我甚至
觉得我比任何人抽烟的时候更加迷人
他放高了音调
我们未曾有过任何约定
可惜了绿眼睛的国王
从桌子的这一端笔直地滑到另一端
她也冲了出去

那个地方去不得
我虽然不动棋牌　但我懂你
你坐在石头还是沙子上
她逼迫你　我听见了塑料的响声

荒诞的远行
就步行到了那个去不得的地方
我由于生性胆小
不敢且找不着你

2011

辑 三

2005—2010

荷兰有风车

我长胖了　大家都认不出我
我把花束放上山脉的时候
河水冰得如同夜景的光晕
雾气混杂着劳累
我从她的身体里看到一棵树
我在看不见的早晨
没有摘下一朵花
鹅卵石遍布荒野

等天暗了
从乌黑的时间
从后面的门出发
海鸥变成了雏菊
海边的那辆吉普车上的引擎
就能将雏菊带上船
去到没有风的荷兰
因为没有交足够多的钱
船长没有唱歌
旅人沿着钟楼找到了海鸥
海鸥踩在我捡到的鹅卵石上

向一阵风飞去
荷兰有风车

2010

十　年

你有空背上
走廊尽头的夜灯逃窜了
风来自夏天
却揭开了结痂了的地方

往前走一点　再走一点
那里就是一个体育场
里面有瀑布的味道
虽然它离最近的树林很远
还有一对蓝色的眼睛
十年

你会回来吗
别回答我的问话

2010

关于我的一生

我想有一艘大船
不要过于豪华　那样不像漂泊
最好有巨大的坚固的帆
这样漂泊更为持久
在天气晴好时
就出海　捕鱼
找到一些神秘的碎片

在暴雨黑暗时　回到家
在壁炉中生火
盖上质地酥软的毯子　最好也粗糙一些
这样更能入睡

在壁炉照到房间　有一种暖暖火红时
从梦中醒来
站起来　走到床边

早上开车去到集市
买一些饲料蔬菜　和水果
还有西红柿

喂喂海鸥　清扫房间
径直走上楼梯去到小间的书房中
好多书都不够放在架子上

我开始阅读
拉上窗帘
然后再开始弹吉他
这是有关我的一生
我想有一双　保暖耐穿的运动鞋
我想走　我想跑　好远的路程
任何时候就停下来　喝喝咖啡　或者是茶水
我走　我跑　没有目的
或者可以的话　就写写我的旅行
我累了　我就说
我要回家了
漂泊与流浪
这是有关我的一生

你不是一棵树

画布上那一棵树
不是你
太阳的空旷
映在影子之下

必然的碎片
留下
一个个饱满的果实

天空上升的铜镜
证明
你不是一棵树

2005

映　像

对面的吟唱不能太长
它们会把时间
从远唱到近
所有的花就这样盛开
一夜之间
竟覆盖了土地上所有的农舍
然后燃烧
花枝招展的残破
或许只是映像

2005

农　妇

一辆皮卡车
站在乡路之间

之后　便是所有想到的
跌下田中
居然是一位农妇的死亡

皮卡车没有隐没
油菜花迅速地开在农妇腹部
这很多年前的传说
又经过了很多年的传递
到了这里

我去的时候
我只看见了
一辆皮卡车敲击出的时间
那只是一堆废铁
没有花朵和传言

2006

干　花

坠落　变成了干花
是被谁赐予了孤独

它对着门　泪流满面
它被彻夜放在马路上
整夜酸楚

朝露　变成细小的眺望
梦醒了的影子

再荒凉一次
这样
再晃荡一次
就将变成为

昨日的瞳孔

2006

打麦场的信札

一封信

弯弯曲曲

捆扎成麦香

走了很远的路

来到你的牧场

当你打开的时候

但愿你能依着这飘来的麦香

看见我

看见不远处的道路

一个人

倚仗着信札

遥望

路　到底有多远

一阵寒冷

附带浓郁的麦香

说好　只是一场败落

不需要更多的斑驳

2006

很多年

很多年

我无法回忆

它属于另一个袖口

很多年　我也想不起

火车的鸣响

很多年　那棵枣树

依然无法到达天空

很多年　那双渴望的眼睛

已不能走动

很多年　我唯一记得

很多年　我忘了我是谁

2006

田

我不知道
他们也不知道
那些方方正正的田
藏着什么秘密
一朵花竟比田还灿烂

月光被举起
赠予另一个田的早晨

那些田到底是谁的
没有人会知道

2006

红　糖

外婆轻轻地敲开了红糖
粉末像回忆一般散落
黏稠　混沌
红糖被借走了
外婆也被借走了
时间如此地久远
一块红糖就如此地找不到当初的罐
如此地孤单

2006

录音机

隐没后来的声响
他们在池里
垂钓
为自己　轻轻地
亮一盏灯笼

却照亮不了前面的那棵橡树
挂不到上面的枝叶
当初
颤抖地张开双翅
只是
想跟随春天一起逝去

2007

电风扇

电风扇在街上攒动着
搅碎了一道道
嫣红坚韧的线索
在泥土下深埋的那本书
没有翻开过最后一页
已经有人知道了它的终结
瞳孔在喘息着

很久没有听过马车轴
压过泥土的声音
满载　稻香的马车
被一只马　牵着

2007

图书在版编目（CIP）数据

又一个春天 / 蒋在著. -- 武汉：长江文艺出版社，
2020.11

（第 36 届青春诗会诗丛）

ISBN 978-7-5702-1876-9

Ⅰ. ①又… Ⅱ. ①蒋… Ⅲ. ①诗集－中国－当代
Ⅳ. ①I227

中国版本图书馆 CIP 数据核字(2020)第 205593 号

特约编辑：丁　鹏

责任编辑：胡　璇　　　　　　　责任校对：毛　娟

封面设计：璞　闾　　　　　　　责任印制：邱　莉　　王光兴

出版：长江出版传媒 | 长江文艺出版社

地址：武汉市雄楚大街 268 号　　　邮编：430070

发行：长江文艺出版社

http://www.cjlap.com

印刷：湖北新华印务有限公司

开本：850 毫米×1168 毫米　　1/32　　印张：5.875　　插页：4 页

版次：2020 年 11 月第 1 版　　　2020 年 11 月第 1 次印刷

行数：3584 行

定价：46.00 元